AF336248

Yf

13 6

VENDE,

OV

LE TRIOMFE

ET

LE SACRIFICE

DE

LA CHASTETE.

TRAGEDIE.

REPRESENTEE AV COLLEGE DES PP.
de l'Oratoire de Iesus à Troyes.

A TROYES,

Chez IEAN IACQVARD, Imprimeur de Monseig. l'Euesque,
& du College, ruë Corderie. 1644.

BIBLIOTHEQUE ROS VIE

A MONSEIGNEVR
MONSEIGNEVR
LE MARQVIS
DE PRASLAIN

CONSEILLER DV ROY EN
SES CONSEILS, LIEVTENANT GENERAL
pour sa Majesté au Gouuernement de Champagne,
Gouuerneur particulier de la Ville de Troyes, Mestre
de Camp d'vn Regiment de Cauallerie, entretenu
pour le seruice du Roy, &c.

ONSEIGNEVR,

*L'offre que nous vous faisons de cette Tragedie,
n'est pas vn simple respect, c'est vne ancienne
debte, que nous voulons plustost publier, que de pre-
tendre d'y satisfaire entierement: Ce n'est pas sans y auoir plustost pensé:
que nous auons attendu si tard; le seul desir de nous en acquitter pluss*

A iij

dignement, en a fait retarder l'execution: Mais nos deuoirs inseparablement vnis à vos faueurs condamneroient aujourd'huy nostre silence, si dans ce nouueau rencontre par vne juste recognoissance nos propres parolles n'apprenoient à tout le monde ce que nous ne pourrions celer sans injustice. Et quoy que nous eussions mieux aymé nous taire crainte de ne dire pas assez, où nous sommes obligez de beaucoup: ou de peur de diminuer l'excez de vos bontez vers nous, ne pouuans faire le reçit de toutes en particulier. Toutesfois, MONSEIGNEVR, nous n'ignorons pas que les recognoissances ne veulent rien auoir de commun auec la nature des autres debtes; puisqu'on ne leurs satisfaict iamais mieux que par vn humble aueu de n'y pouuoir plainement satisfaire; & que-c'est le plus grand aduantage des Seigneurs de vostre qualité, d'obliger en vn poinct qui ne treuue point de juste recognoissance. Nous auons creu que vous ne des-auouëriez pas le dessein, que nous auons conçeu de contribuer à l'éclat de vostre Magnificence, vous offrant aujourd'huy vn present du tout inégal aux obligations, dont nous vous sommes redeuables: Non que cette Grande Reyne ne merite d'estre presentée à vn Seigneur de vostre haulte qualité: mais, par ce que nos mains inégalles à sa Grandeur rabattent beaucoup de la perfection du Tableau d'vne si Genereuse Princesse. Aprés tout, c'est le Pourtraict d'vne Royalle Amazone, qui croit que ce qui n'est pas cognu à la France est dans le malheur commun des choses cachées aux siecles aduenir: qui veut que son Nom aussi bien que ses rares Vertus, peu cogneües parmy nous, mais fameuses dans les Histoires Polonnoises, soient autant signalées chez vne Nation, qui faict gloire de luy auoir donné ses Roys pour successeurs de sa Couronne, qu'elles sont en veneration parmy les Peuples, qui l'ont veüe; mais trop peu, si vertueusement regner; Reyne, qui s'aquittant des actions des plus hardis Guerriers, à faict veoir aux Femmes de son temps, & appris par son Histoire à la posterité, que le Sexe ne mer point d'obstacle à l'ardeur d'vn Grand Courage, lors qu'il est question de pousser vn genereux dessein, iusques où il peut estre conduict. C'est cette Reyne, MONSEIGNEVR, qui par la derniere de ses actions, nous aduertit de ne plus tarder à vous rendre le premier de nos deuoirs en presence du Public, qui blasmeroit nostre silence, apres nous auoir donné les reigles de sçauoir parler, où il est question de ne pas viure ingrats pour ne point mourir sans recognoissance. L'excés de la sienne nous apprend que la nostre doibt estre raisonnable. Nous pouuons imiter sa fin, mais non pas son action : Si elle a perdu sa vie pour honorer ses Dieux, nous sommes obligez de conseruer la nostre, dans vne Congregation qui veut que ses plus grands soings soient de recognoistre ce qu'elle doibt aux personnes de vostre merite. Ce n'est pas qu'elle voulust espargner les siens à vostre seruice, mais elle en veut tousiours auoir qui soient capables de faire cognoistre vos Vertus, autant que vostre rare modestie le permettra, & de les rendre aussi publiques, que l'esclat de vostre Illustre Famille est vniuersel, laquelle apres auoir donné à la France tant de Grands Seigneurs, vous a faict naistre d'vn Mareschal de France estimé de nos Alliez, redouté de nos Ennemis, & dont les trois plus Puissants Roys du Monde ont approuué la Sagesse, loüé la Force, recognu la Fidelité, & qui ont creu qu'vn courage moindre que celuy de cét Incomparable Mareschal estoit incapable d'entreprendre les choses difficiles qu'ils n'ont voulu confier qu'à sa Valeur, qui apres vn grand nombre d'années occupées en mille actions signalées, semble n'auoir payé qu'à demy le tribut à la Nature, reviuant glorieusement dans le sang de Monseigneur le Marquis vostre Frere, que son courage luy fit trop tost respandre par la playe qui ouurit son cœur pour preuue de la fidelité qu'il auoit pour son Roy, mais qui est encore heureusement viuant en vostre Personne, MONSEIGNEVR, qui a cét aduantage

de s'estre treuué dans les perils , & d'auoir braué la temerité du
sort qui a bien osé abatre des Cheuaux soubs vous, mais non pas vostre
Grand Courage, puis-que de telles cheutes vous estoient glorieuses, &
ne seruoient qu'à releuer le Cœur de vos Soldats, lors qu'ils ont veu
que le Ciel vous conseruoit si glorieusement pour les conduire à de
nouuelles entreprises. C'est là, MONSEIGNEVR, parmy
les occasions d'honneur , faisant les actions d'vn puissant Guerrier
hereditaires à vostre Maison , que cette Princesse Polonnoise veut
vous veoir pour vous loüer. Et c'est icy , où elle se promet que la
hautesse de son Courage dans ce racourcy de ses beaux faicts , vous
obligera d'en admirer la prudence dans ses affaires , la constance à
mespriser l'Amour, & l'inuincible Courage à punir les flâmes d'vn
Prince indiscret & trop excessiuement passionné pour sa Beauté.
Aggréez donc, MONSEIGNEVR, l'offre que nous vous faisons de son Pourtraict, & faictes nous l'honneur de croire que c'est
vne veritable, quoy que foible, asseurance de nos sinceres inclinations
à vous rendre en des occasions plus fauorables, ce que nous vous de-
uons iustement en qualité

MONSEIGNEVR,

De

Vos tres-humbles , tres-obeïssants
& tres-obligés seruiteurs ,
LES PRESTRES DE L'ORATOIRE
DE IESVS.

ADVERTISSEMENT.

MESSIEVRS,

La Iustice de mes intentions doit empefcher toutes les cenfures que les Critiques pourroient faire fur mon deffein, dans vne piece où le Public croit avoir part. I'ay voulu contenter également tout le monde, en faifant que toute forte de perfonnes fût capable de l'entendre. Au refte, Meffieurs, comme il n'eft pas icy queftion de vous monftrer noftre fuffifance, mais de vous prouver feulement l'affiduité de nos foings à exercer voftre jeuneffe ; ie croy que vous ne me blâmerez pas d'avoir pris vn fujet, où vous aurez l'advantage de juger des actions de vos Enfans, & eux celuy de vous faire paroiftre leur adreffe. Ie ne vous faits point icy d'excufe, Meffieurs, fi ie ne vous faits point entendre deux Langues diverfes fur le Theatre : vous iugez qu'elles font affez Auguftes toutes deux, pour meriter la qualité de Reyne, & pour ne point partager vn Thrône qu'elles peuuent remplir affez dignement toutes feules ; Outre que cét affortiffement fembleroit auffi monftrueux qu'il feroit defectueux, & que dans noftre Auditoire il fe trouveroit des perfonnes qui auroient befoin d'interpretes, lors que les autres auroient befoin de filence, que l'impatience des ignorans ne leur accorderoit pas.

ARGVMENT
DV
PREMIER ACTE.

VANDE qui s'estoit escartée de la Cour, est advertie d'y retourner par vn Seigneur de la part de son Pere : ce qu'elle faict, non sans pré-sentiment du malheur qui luy est arrivé. 2. Entrant dans son Palais, elle le treuve mort sur son lict de Parade ; ses douleurs es-clatent incontinent par les pleintes & les la-mentations, mais la violence de ses pleurs la tire aussi tost dans la foiblesse : Elle est secouruë par la Princesse sa Confidente, revient de pasmoison & demande qu'on la laisse en repos. 3. Tandis que les Princes de sa Cour s'entretiennent de l'ordre qu'il faut aporter aux affaires de la Maison Royalle, & des moyens necessaires pour appaiser la douleur de cette Princesse. 4. Ils sont interrompus par l'arrivée tumultuaire du peuple, qui veut la Fille de son Roy pour sa Reyne ; tesmoignant son impa-tience iusques à ce qu'on luy promette d'executer son dessein. 5. L'on depute pour cét effect ses Oncles vers elle pour luy faire sçavoir la resolution de ses sujets, qu'elle refuse d'entendre ius-ques à ce que l'ombre de son Pere luy ayant apparu, l'oblige de se rendre à l'instance obstinée de son peuple.

ARGVMENT
DV
SECOND ACTE.

LES Seigneurs en doute quelle sera la fin des troubles suscités par le Peuple, sont assemblés avec les Princes du Royaume pour deliberer sur sa demande. Et aprés avoir conclu en faveur de la Fille de leur Roy : 2. se treuvent encore pressés par le Peuple auquel il donne des responses à son gré. 3. Ce pendant VANDE, qui avoit esté mandée, survient aprés les acclamations du peuple, elle commande à son Chancelier de declarer ses intentions à l'Assemblée. 4. Les deliberations des Princes, qui s'ensuivirent pour ce sujet, furent interrompuës par vne querelle qui s'alloit vivemét allumer entre l'Oncle Paternel de la Reyne & Horuestat, puissant Prince dans le Royaume, sans la prudence de Leque, qui en assoupit les premiers feux. 5. Tout estant appaisé, on respond aux importunitez du peuple que ses vœux sont accomplis, & Vande elle mesme donne en la presence de ses sujets consentement pour son estection. 6. Elle est donc pompeusement conduite dans le Palais Royal, où Ritiger Duc des Saxons, se treuve à l'incognu ; mais où il conçoit vne flâme, qui ne le fera que trop tost recognoistre pour son malheur. Le Grand Pontife qui l'attend luy declare les de-

B

voirs d'vne Reyne, luy fait prester le serment accoustumé.
7. Les Ceremonies de son Couronnement se terminent par la
congratulation de son Peuple, & des Genies des principales
Provinces de son Royaume.

ARGVMENT
DV
TROISIESME ACTE.

RITIGER, que l'Amour à charmé dans le
Palais de Vende, se plaint de ses rigueurs,
il recherche les moyens de les alleger par les
demandes qu'il fait de la Reyne. 2. Quoy
qu'il soit chez elle, il feint par vne ambassade d'estre éloigné, son Ambassadeur la
treuve avec la Princesse sa Favorite s'entre-
tenant de la resolution qu'elle à faite, de ne partager par aucun
Mariage l'authorité de son Royaume. 3. Luy declare les amou-
reuses recherches de son Prince. 4. Pendant qu'elle assemble
son Conseil sur ce sujet, il semble qu'elle balance encore estant
seule, si sans Crime elle peut respondre aux inclinations de ce
Prince, quoy qu'aprés y avoir pensé, elle demeure en sa premiere
resolution. 5. Ritiger pressé de son Amour, accuse la paresse
de son Ambassadeur, il arrive sur ces entre-faites, il luy promet tout avec advantage, ou il ne trouvera rien qui responde à

son Amour, car la response de la Reyne toute contraire à ses parolles, ne sert que pour accroistre le desespoir de Ritiger, à qui
l'on conseille de ne pas abandonner la partie pour ce premier
refus, mais d'vser de l'addresse d'vn sçavant Magicien, qu'il fait
soigneusement rechercher. 6. Tandis que la Reyne, par la bou-
che de ses Oncles, exhorte les Princes de sa Cour à repousser par
leur vertu la violence de Ritiger. 7. Dont le Duc Dessau son
Frere, ne peut supporter la folle passion & luy represente les ex-
tremités où il se laisse engager par son amour. 8. Mais ses adver-
tissements n'ont point eu place dans vn cœur passionné : au contraire, l'arrivée du Magicien anime sa fureur, lors qu'il luy
donne vne bague qui fondra la glace du Cœur de cette Grande
Reyne, si elle peut estre mise dans son doigt. Il l'envoye par
vn second Ambassade.

ARGVMENT
DV
QVATRIESME ACTE

V N des Oncles de la Reyne l'asseure de la resolution
des Princes pour sa deffense. 2. Au mesme temps
les Ambassadeurs de Ritiger redoublent leur demande, mais non pas avec vn meilleur succez
que la premiere fois; sinon que par vne adresse secrette ils lais-
sent leur bague dans le Palais de cette Reyne. 3. Mais le Duc

Deſſau impatient de la perte de ſon Frere, ſe reſoult de s'oppoſer à ſes deſſeins. 4. Tandis que la bague produict de prodigieux effects dans l'eſprit de cette Sage Reyne, qui par vn prompt changement accuſe la pareſſe de Ritiger à reſpondre à ſon Amour, eſtant meſme preſte de renoncer à ſon Eſtat, ſi il pouvoit luy diſputer le contentement qu'elle eſperoit en la poſſeſſion d'vn ſi grand Prince. Et comme elle paſſe iuſques à l'extremité, l'artifice de Ritiger ſe deſcouvre par la cheute de cét Anneau. Ce qui oblige cette Grande Reyne à conſpirer ſa perte. 5. Ses Ambaſſadeurs eſtant de retour vers luy, ne s'y trouvent que pour l'affliger d'avantage, puis qu'il apprend les refus & la cholere de cette Reyne en meſme temps. Et en fin poſſedé de ſon deſeſpoir, il veut avoir par la force ce que l'Amour ne luy peut donner. Et ſon Frere meſme qui iuſques à ce poinct avoit touſiours combatu ſes deſſeins, comme ſi le Ciel l'avoit touché en vn inſtant à la veuë des malheurs de ſon Frere, proteſte de ne point diviſer ſes intereſts d'avec les ſiens, & d'entreprendre vne meſme vengeance.

ARGVMENT
DV
CINQVIESME ACTE.

RITIGER accompagé du Duc son Frere anime ses Capitaines à la deffense de ses interests, leur donne les ordres pour ses Gens de Guerre, & apres les avoir congediés, 2. s'entretient secrettement (craignant d'estre recognu:) Mais voyant qu'on advertit la Reyne de l'arrivée d'vn Prince incognu chez elle ; il ne luy donné pas le loisir de le faire chercher, son Amour le contraint de se trahyr soy-mesme ; 3. Tandis que ses Princes déplorent sa perte & regrettent son malheur. Et luy mesme semble contribuer à son infortune, voulant avancer sa mort, si son Frere ne se fust opposé à ce funeste dessein, 4. Qui luy conseille de faire vn appel. 5. La Reyne ayant accepté son deffi, descouvre ses intentions à tous ses Princes assemblés, qui tâchent de la divertir du dessein qu'elle à conçeu de le combatre. 6. Elle se retire avec la Princesse sa Favorite, laissant le Conseil fort occupé à rechercher les voyes qui pourroient divertir ses genereuses entreprises. 7. Pour cela le Pontife est prié d'avoir recours aux Dieux. En fin ces Amazones paroissent armées pour le Combat, ayant desguisé leur sexe ; mais en vain, 8. Puisque l'Amour (quoy qu'il soit aveugle) les faict cognoistre à Ritiger par leur parole & leur beauté : Cette surprise apres vne funeste & pitoyable dispute, le met dans le desepoir,

9. Et luy fait percer ſon Cœur d'vn coup de poignard, ne pou-
vant fléchir celuy de cette Princeſſe, qui eſtoit impenetrable à
ſes traicts. 10. Son deſeſpoir eſt ſuiuy de la Mort de ſon Frere:
11. Et Vande aprés luy, pour-recognoiſtre ſes Dieux de tous ſes
Triomphes, ſe va immoler à leur Gloire dans vn precipice.

NOMS DES ACTEVRS

LA COVR DE VANDE REYNE DE POLOGNE.

VANDE Fille de Cracque Royne de Pologne. Nicolas le Court, *de Prouins*.
PRAXEDE Princeſſe Fauorite de la Reyne. Iean de Meſgrigny, *de Troyes*.
HAGEQVE. ⎫   François de la Ferté *de Troyes*.
LEQVE. ⎬ Oncles de la Reyne. Guy Bernard le Sain, *de Chaſtillon*. Péſ.
HORVESTAT, Prince Polonnois. Edme Lombard, *de Troyes*.
LE GRAND PONTIFE. Nicolas Deniſe, *de Troyes*.
SON ASSISTANT. F. Euſtache Martinet, *de Troyes*.
LE CHANCELIER. Charles Mitaines, *de Prouins*.
LE PAGE DE LA REYNE. Claude Veſtier, *de Troyes*.
LE CHEF DE PEVPLE. Antoine Barbier, *de Pel & Der*.
L'OMBRE DE CRACQVE. Philbert François, *de Muſſy*.

	François Huez, *de Troyes*.
	Nicolas de la Ferté, *de Troyes*.
	Louis de la Ferté, *de Troyes*.
SEIGNEVRS POLONNOIS.	René Gault, *de Paris*, Penſionnaire.
	Iacques Linard, *de Troyes*.
	George Raymond, *de Troyes*.
	François Briçonnet, *de Paris*. Penſion.
	Iean Iacques de la Bruyere, *de Paris*.

NOBLESSE POLONNOISE.

Louis Vignier, *de Paris*. Penſionnaire.
Iean de Villeprouvée, *de Troyes.*
Iean Charpy, *de Troyes.* Penſionnaire.
Nicolas Belin, *de Troyes.*
Pierre Laurent, *de Troyes.*
Alexandre le Grand, *de Troyes.*
Nicolas Martinet, *de Troyes.*
Claude Billard, *de Troyes.*
Pierre Bertrand, *de Troyes.*

PROLOGVES.

Pour le ſujet de la Tragedie.	Bernard de Baraillon, *de Paris.*
Du premier Acte.	François Huez, *de Troyes.*
Du Second Acte.	Iean Iacques de la Bruyere, *de Paris.*
Du troiſiéme Acte.	René Gault, *de Paris.* Penſionnaire.
Du quatriéme Acte.	Iean Baptiſte Gervais, *de Provins.*
Du cinquiéme Acte.	Nicolas Roynet, *de Mery.*
EPILOGVE.	Louis De Vienne, *de Troyes.*

LA COVR DE RITIGER DVC DE SAXE.

RITIGER Duc de Saxe.	Louis De Vienne, *de Troyes.*
SON FRERE Duc Deſſau.	Bernard de Baraillon, *de Paris.*
MOGILLE Prince Fauory.	Ioſias le Courtois, *de Troyes.* Penſionnaire.
RODOMIRE Ambaſſadeur.	Pierre Corrard, *de Troyes.*
VINDOMAR Prince.	François Denis, *de Troyes.*
RAMIRE Prince.	Dauid Louis le Page, *de Troyes.*

CAPITAINE DES GARDES.		Antoine Barbier, *de Pel & Der.*
RIDAMORE.		Simon le Seures, *de Ioncreux.*
CASSIDAS.	} Capitaines.	Nicolas Roynet, *de Mery.*
CLIDAMAN.		Dauid Louis le Page, *de Troyes.*
LE MAGE.		Nicolas Imonier, *de Troyes.*
CVPIDON.		Iacques le Febvre. *de Troyes.*
LE GENIE.		Philebert François, *de Muſſy.*
DEMON.		

NOBLESSE DE SAXE.

François Denis, *de Troyes.*
Hierofme Petit-pied, *de Troyes.*
Iacques Linard, *de Troyes.*
Alexandre le Grand, *de Troyes.*
Nicolas Martinet, *de Troyes.*
Iean Baptiste Maillet, *de Troyes,* Penfionnaire.
Edme Iacob, *de Troyes.*
Iean Baptiste Geruais, *de Provins.*
Claude Billard, *de Troyes.*

LES GENIES DES VILLES DE POLOGNE.

1. François Briçonnet, *de Paris.*
2. Pierre Bertrand, *de Troyes.*
3. Pierre Laurent, *de Troyes.*
4. François Denis, *de Troyes.*
5. Louis Vignier, *de Paris.*
6. Iean Charpy, *de Troyes.*
7. Iean Baptiste Maillet, *de Troyes.*
8. Alexandre le Grand, *de Troyes.*

ORPHEE.

ORPHEE.   René Gault, *de Paris.* Penfionnaire.
1. Louis Vignier, *de Paris.*
2. Iean Charpy, *de Troyes.*
3. Nicolas de la Ferté, *de Troyes.*
4. François Denis, *de Troyes.*
5. Edme Iacob, *de Troyes.*
6. Louis de la Ferté, *de Troyes.*
7. Iean Baptiste Maillet, *de Troyes.*
8. Claude Veftier, *de Troyes.*
9. Alexandre le Grand, *de Troyes.*
10. Iean Baptiste Geruais, *de Provins.*

BIBLIOTHEQUE ROYALE

www.ingramcontent.com/pod-product-compliance
Lightning Source LLC
La Vergne TN
LVHW010114060726
842524LV00006B/2522